I DON'T WANT TO BE OUT HERE ANY MORE THAN YOU DO, BEETLE BAILEY

is another in the happy series of books based on one of the most famous comic strips in the country. Its hero is America's favorite—and most reluctant—GI.

Here's a big handful of laughs (certainly one a page) by Mort Walker, a great professional cartoonist, concerning the most unprofessional soldier who ever hit the army!

Beetle Bailey Books

AT EASE, BEETLE BAILEY
BEETLE BAILEY
BEETLE BAILEY ON PARADE
BEETLE BAILEY: OPERATION GOOD TIMES
DON'T MAKE ME LAUGH, BEETLE BAILEY
FALL OUT LAUGHING, BEETLE BAILEY
GIVE US A SMILE, BEETLE BAILEY
I DON'T WANT TO BE OUT HERE ANY MORE THAN YOU DO, BEETLE BAILEY
I'LL FLIP YOU FOR IT, BEETLE BAILEY
I JUST WANT TO TALK TO YOU, BEETLE BAILEY
IS THIS ANOTHER COMPLAINT, BEETLE BAILEY?
I'VE GOT YOU ON MY LIST, BEETLE BAILEY
LOOKIN' GOOD, BEETLE BAILEY
OTTO
PEACE, BEETLE BAILEY
TAKE A WALK, BEETLE BAILEY
TAKE TEN, BEETLE BAILEY
WE'RE ALL IN THE SAME BOAT, BEETLE BAILEY
WHAT IS IT NOW, BEETLE BAILEY?
WHO'S IN CHARGE HERE, BEETLE BAILEY?
WOULD IT HELP TO SAY I'M SORRY, BEETLE BAILEY?
YOU'RE OUT OF HUP, BEETLE BAILEY

I DON'T WANT TO BE OUT HERE ANY MORE THAN YOU DO, BEETLE BAILEY.

by Mort Walker

CHARTER BOOKS, NEW YORK

I DON'T WANT TO BE OUT HERE
ANY MORE THAN YOU DO, BEETLE BAILEY

A Charter Book / published by arrangement with
King Features Syndicate, Inc.

PRINTING HISTORY
Tempo Original / September 1970
Charter edition / July 1984

All rights reserved.
Copyright © 1970 by King Features Syndicate, Inc.
This book may not be reproduced in whole or in part,
by mimeograph or any other means, without permission.
For information address: The Berkley Publishing Group,
200 Madison Avenue, New York, New York 10016.

ISBN: 0-441-05253-3

Charter Books are published by The Berkley Publishing Group,
200 Madison Avenue, New York, New York 10016.
PRINTED IN THE UNITED STATES OF AMERICA

Capítulo 1

SAM respiró profundamente, intentando tranquilizarse mientras se acercaba a la joven de la recepción. Con su melena rubia y su figura de guitarra, era una de esas mujeres que siempre atraían la atención de los hombres.

Las pelirrojas diminutas y con pecas, por otro lado, no eran tan buscadas; al menos en su experiencia. Aunque durante un tiempo le había parecido que Will era de otra manera... hasta el día que entró en casa y encontró a su ex prometido en la cama con una preciosa rubia.

Normalmente, cuando recordaba aquella memorable ocasión experimentaba una ola de náuseas, pero esta vez no. Esta vez tenía el estómago paralizado de puro terror.

Las pestañas rozaron sus mejillas cuando cerró los ojos para respirar de nuevo, intentando controlar los frenéticos latidos de su corazón, que parecía a punto de salirse de sus costillas. Y luego intentó sonreír. Si una persona actuaba como si esperase que le enseñaran la puerta, en general eso era lo que solía ocurrir.

Se había tomado su tiempo aquel día para tener el aspecto de alguien que entraba todos los días en el cuartel general de una multinacional para hablar con el presidente. Pero al ver su imagen en el espejo de la pared, supo que sus esfuerzos habían sido en vano.

No iba a salir bien.

Intentando no ser pesimista, Sam se aclaró la garganta. Y el sonido atrajo la atención de la recepcionista, pero sólo durante un segundo porque, en ese mismo instante, se abrió una puerta y por ella apareció otra rubia impresionante con un ajustado vestido rojo.

La chica que había tras el escritorio se quedó mirando y Sam también; y también los fotógrafos que habían aparecido de repente, como por arte de magia.

La explosiva rubia parecía comodísima con los fogonazos de las cámaras y la tormenta de preguntas que lanzaban los paparazis. Sencillamente sonrió, mostrando unos dientes perfectos y demostrando que, aunque había hecho la transición de modelo a actriz de Hollywood, sabía cómo manejarse con los periodistas. Flanqueada por dos musculosos guardaespaldas parecía deslizarse por el pasillo, deteniéndose un par de veces para contestar «Sin comentarios» a las preguntas sobre si Cesare Brunelli y ella estaban juntos de nuevo.

Cuando desapareció, dejando sólo el fuerte aroma de su perfume en el aire, Sam estaba haciéndose la misma pregunta. Menudo momento. Lo último que un hombre querría escuchar era la noticia que ella había ido a darle e imaginaba que sería doblemente cierto para un hombre que acababa de reconciliarse con el amor de su vida.

Sam suspiró, intentando apartar la imagen de la actriz de su cabeza; no estaba allí para competir por las atenciones del italiano. Ni siquiera estaba interesada en la vida amorosa de Cesare Brunelli y no tenía ningún deseo de separarlo de ella, algo que pensaba dejarle bien claro.

La razón para que estuviera allí era muy simple: darle la noticia y marcharse. La pelota estaría entonces en su tejado.

Lo único que tenía que hacer era decírselo.

Y era ahora o nunca.

Aunque en aquel momento «nunca» le parecía lo mejor.

Sam hizo una mueca de dolor. Se había comprado unos zapatos en las rebajas y le hacían daño porque eran pequeños. Aunque la confianza que le daban esos tacones merecía la pena.

—Buenos días... —no pudo terminar la frase cuando la recepcionista levantó la cabeza.

¿Qué iba a decirle?

«Soy Sam, pero eso no significa nada para usted, claro. Su jefe no sabe mi nombre, ni siquiera sabe cuál es el color de mis ojos o que tengo pecas y el pelo de color zanahoria. Pero había pensado que, dadas las circunstancias, lo más lógico sería darle la noticia cara a cara: voy a tener un hijo suyo».

Sam pensó entonces en las diferencias que había entre un multimillonario y una chica que tenía que hacer malabarismos para pagar las facturas todos los meses. Seguramente habría ganado menos dinero en toda su vida profesional que Cesare Brunelli en un solo minuto. Aunque las cosas estaban empezando a mejorar, afortunadamente. Había trabajado durante cuatro años en el periódico local del pueblo escocés en el que nació, cubriendo bodas y bautizos. Pero su esfuerzo había dado dividendos y, por fin, había conseguido un trabajo en un periódico de tirada nacional en Londres.

–Sí, las cosas son más fáciles ahora que en mis tiempos –le había dicho la madura periodista que la acogió bajo su ala–. Tú tienes talento, Sam. Pero tienes que poner el cien por cien si quieres que la gente te tome en serio. Y debes ser un poquito más… flexible. Ah, y no tengo que decirte que lo último que necesitas en este momento es una relación sentimental exigente o tener familia. Eso sería un suicidio profesional.

Familia.

Sam tragó saliva al considerar aquel nuevo y francamente aterrador desvío en su, hasta aquel momento, predecible vida. Había tenido miedo y seguía teniéndolo, pero la verdad era que no tuvo que pensarlo, ni siquiera se le había ocurrido la idea de no tener a su hijo.

Además del pánico inicial había algo, una sensación extraña de que todo estaba bien. No esperaba que el padre de su hijo la compartiese, claro, pero que no quisiera saber nada del niño no significaba que no tuviera derecho a saberlo.

Se había preparado para una respuesta airada o las inevitables sospechas que tal vez serían lógicas en una situación así. Pero aquella extraña serenidad que la embargaba era una serenidad que Sam no creía poseer. Aunque bien podía ser a causa de la sorpresa.

Sólo había tenido quince días para hacerse a la idea y aún no se lo creía del todo; de hecho, la situación le parecía irreal.

Se llevó una mano al abdomen, aún plano bajo la chaqueta, y sus labios se curvaron en una sonrisa. Sin duda, la idea le parecería más real cuando su cintura empezara a ensancharse.

—Soy Samantha Muir y...

La chica, con aspecto aburrido ahora que la estrella de cine y su ruidosa cuadrilla habían desaparecido, se apartó el teléfono de la oreja.

—La primera puerta a la izquierda.

Sam parpadeó. No era así como había imaginado la escena. Los zapatos debían haber funcionado.

Los zapatos en cuestión estaban en ese momento clavados al suelo. No podía moverse, tan sorprendida estaba al no tener que identificarse o explicar los motivos de su visita.

—¿La primera puerta a la izquierda? —repitió, aunque no debería. La recepcionista no parecía saber que no tenía cita y lo mejor sería aprovechar las circunstancias.

¿Por qué no se movía? ¿Eran los inconvenientes escrúpulos, esa horrible compulsión de decir la verdad en momentos en los que una mentira o un silencio serían lo más necesario... o simple miedo?

Con un suspiro de impaciencia, la joven movió una mano de uñas largas y rojas en dirección a la puerta antes de volver a concentrarse en el teléfono.

«Esto es demasiado fácil», persistía la suspicaz vocecita en su cabeza.

—Pero es una suerte —murmuró para sí misma.

Si la habían confundido con alguien, el error estaba funcionando a su favor y sería tonta si no le siguiera la corriente. De modo que, con una sonrisa en los labios, se dio la vuelta y entró por la puerta indicada.

Fue una sorpresa descubrir que era simplemente una habitación con un escritorio en una esquina y varias sillas pegadas a la pared. Pero un segundo después se abrió una puerta y un hombre de pelo rubio y gesto cansado se quedó mirando a Sam con cara de sorpresa.

—Es una mujer.

En circunstancias normales, ella hubiera respondido a tal «acusación», porque era definitivamente una acusación, con algún comentario irónico. Pero el humor y la ironía se le escapaban en ese momento.

—Soy Sam Muir y me gustaría…

—¡Sam! —el hombre se llevó una mano a la frente—. Eso lo explica todo, claro. Y yo pensando que hoy las cosas no podían ir peor…

—He venido a ver al señor Brunelli…

Al decir su nombre, una imagen mental del hombre apareció en su cabeza… ahora le parecía asombroso no haberse dado cuenta del peligro cuando lo vio por primera vez.

El impacto había sido como un golpe que la dejó sin aliento. Y sintió algo en su interior, como si sus emociones de repente se liberasen, aunque se sentía extrañamente desconectada de lo que le estaba pasando. Su innata habilidad para distanciarse emocionalmente y analizar lo que estaba haciendo la había abandonado. Claro que no se dio cuenta hasta que era demasiado tarde y el daño estaba hecho.

Cuando estaba con él no era capaz de controlar los latidos de su corazón... de hecho, no era capaz de controlarse a sí misma.

No era sólo la simetría de sus facciones o la curva de su boca; no era un rasgo en particular, sino la combinación de todos lo que lo hacía tan increíblemente atractivo.

Incluso ahora, doce semanas después, el recuerdo de su cara la emocionaba. Aunque ahora podía pensar en su reacción y en lo que había pasado después con más objetividad.

No podía negar que era un hombre guapísimo y que poseía una sexualidad arrogante a la que ella no era inmune, pero lo que pasó había sido el resultado de una serie de circunstancias más que otra cosa.

Seguramente resultaría ser un hombre vulgar y corriente, pensó. Seguramente ella lo había engrandecido en su memoria para defender su propio comportamiento porque nadie más que un dios del sexo podía ser responsable de que hubiera perdido la cabeza. Estaba buscando excusas.

Aunque la verdad era que no había excusas; había sido alocada y estúpida. Había tenido un momento de debilidad... en realidad, toda una noche de debilidad, pero eso era algo en lo que no quería pensar. Y, sin embargo, ahora tendría que vivir con las consecuencias.

Probablemente lo vería y descubriría que no se parecía nada a la imagen romántica que se había formado de él: un héroe caído y en necesidad de un consuelo que sólo ella podía darle.

Sam apartó de su mente tales pensamientos y trató de volver al presente. Pero cuando miró al joven rubio que parecía tan sorprendido de verla, él estaba buscando algo entre los papeles que tenía en la mano.

–Esto podría ser un problema... ¡y ahora no encuentro su currículum, por Dios! –exclamó, disgustado–. Perdone, no es culpa suya.

En realidad, sí lo era.

Había sido ella la que dio el primer paso, ella quien besó a Cesare, aunque era un completo extraño.

El recuerdo de ese beso estaba grabado para siempre en su conciencia; cómo su rostro se había iluminado por el repentino relámpago al otro lado de la ventana y cómo se le había encogido el estómago al ver el brillo mate de sus increíbles ojos oscuros y la frustración en sus facciones.

Sin saber qué decir para consolarlo, incapaz de emitir un sonido que no fuera un suspiro estrangulado, había tomado su cara entre las manos para besarlo...

El gesto había sido absolutamente espontáneo y, se dio cuenta enseguida, un error. Él se había puesto tenso al sentir el roce de sus labios y, durante un segundo, permaneció inmóvil.

Besar a un hombre tan guapo que no quería ser besado podía ser algo que hicieran otras mujeres de su edad sin darle la menor importancia, pero Sam no era así.